쪽배

산지니시인선 006

쪽배

조성래 시집

산지니

누구든, 살아 있는 날들의 어느 한 지점은 눈부시다.

| 차례 |

제2부

제3부

제4부

제 1 부

삼월

바닷가 언덕에 황사가 찾아온다

조류 인플루엔자로 오리들 떼죽음하고

학대받는 어린아이 야산에 버려진다 은밀히

봄을 앞질러 항공모함 정박하면

해안을 마취시키는 바다안개

때맞추어 절벽에선 동백꽃이 투신한다

먼 황야에서 자살폭탄 피어나듯

재선충 꽃피우는 외로운 해송들

원로시인 두엇 꽃샘바람 속에

지팡이 짚고 외길 떠난 뒤

종달새 한 마리 마침내 하늘 꿰뚫는다

이틀 밤낮 비가 내리고

목련처럼 영혼에 불을 켤 수 없어

길게 휘어진 부둣가 철로

항구

안개가 쳐들어온다
항구도시에 바이러스 번지는 저녁
막강한 안개 군단이 제7부두에 진주
해안선 포위한다

안개는 먼저 부두를 접수
서서히, 가로수와 집들 마취시킨다
녹슨 철로 따라 컨테이너 집어삼키며
아파트 아랫도리도 간단히 지운다
마스크 쓴 실루엣들 여기저기 실종될 때
안개는 다시, 51번 시내버스 넘어온 고개 저쪽
교회 첨탑마저 무참히 공격한다

정체불명으로 당황하는 행인들,
갈 길 찾아 허둥대는 승용차 전조등,
시간 지날수록 안개는 더욱 단단해져
횟집 많은 항구도시 몽롱하게 실신시킨다
거대한 교각과 고층빌딩 꼭대기마저

바닷속으로 천천히 허물어뜨린다

어디선가 다급한
앰뷸런스 경보음!

내일 아침
안개 물러간 바닷가엔
새로운 변사체 하나 떠오를 것이다

두통

봄이 온다 항구에 봄이 오면 내 거울 속으로 푸른 두통이 새로 돋아난다 어쩔 수 없다 아내는 내 방을 외면한 지 이미 오래다 나는 그것을 기정사실로 받아들인다 그러면서 오히려 두통을 장난질한다 아내는 이번에도 대학병원 102병동에 침대를 마련했다고 자랑한다 나는 그것이 싫다 벽을 향해 고함 지르고 싶지만 원무과 지시이므로 꼼짝 못한다 아내가 스트레스 받으면 온 집안이 진땀 흘리는 까닭이다 내 머리는 어쩔 수 없이 휑뎅그렁하게 빈다 그 안에 살고 있는 푸른 두통만이 현기증 속에 새싹 내민다 그래도 참으면 그만이다 오늘도 우리 아파트 옥상엔 한가로운 구름 하나

꿈과 현실

꽃 피는 봄날
삼랑진 만어사 갔네
바위물고기들 산기슭 거슬러
하늘로 날아가는 것 보였네
나도 그렇게 되고파
그 후 밤낮 꿈속에서
바위물고기 가슴에 품었네
남해금산 날거나 황매산 모산재
헤엄치는 꿈 하나 얻고 싶었네
그러나 끝내 바위물고기 되지 못하고
산정호수 구경하든가 암봉 홀로 올랐네
가끔 바위산 꿈꾸긴 해도
그 안에서 물고기로 태어나지 못하고
상류 계곡물에 탁족하기 바빴네
어쩌면 평생 바위물고기 못 된 채
하늘로 갈지 모르겠네

현기증

뒷머리가 아프다
아내 손 잡고 병원 가는 일 별것 아닌데
신경과 약 먹었더니 세상이 몽롱
눈앞에서 자꾸 사물들 무너진다

바람 속을 걸어
시내버스에 오르면 쏟아지는 잠
건물들 뭐라고 중얼거리며
내 앞으로 천천히 구겨지기 시작한다
중앙분리대 가로수들도 물구나무서서
세상 빈틈 재미있다고 낄낄거린다
여보, 졸지 말아요
아픈 아내가 오히려 나를 걱정한다

그래, 그래
아픈 사람은 내가 아니지……

간신히 바로 앉아 차창 밖 내다보면

어느 순간, 바람에 휙 날린 비닐봉다리 하나
주택가 지붕 위로 높이 떠올라
허공에서 몸을 뒤집다가
저 멀리, 바닷가 전신주 너머 사라진다

덫

도대체 내가 언제부터 이 병원에
살게 되었을까 아내 데리고 원무과 찾아가
접수하고 입원시키고 담당의사 면담하고
병원 구성원으로 살게 되었을까

내다보는 항구도시 풍요롭고
바깥세상은 승용차 타고 신나게 달려가는데
사람마다 손바닥 안에 딴 세상 펼쳐
봄날 즐기기 여념 없는데
나는 왜 토사물 받아내고 오줌 측정하고 주사액
관찰하며 간호사 지시에 충실한
보호자 되었을까 좁은 3인실
보조침대에 웅크려

알 수 없네, 아무리 생각해도
내 운명에 설정된 장치가 무엇인지
암호가 무엇인지
왜 갑자기 세상은 흑백필름으로 흐려져

나를 먹먹하게 하는지
어찌하여 지상의 자물쇠는 나를 병동에 가두어
옴짝달싹 못하게 하는지
혹시 내 정신의 어느 부위에
금이 간 것은 아닌지

아, 이 착란!

팔다리 하나하나 해체하여
벽에 붙이거나
불안한 의식 몇 덩이 반죽하여
석고상이라도 만들었으면

물고기와 은행나무

중앙동 백년어서원 가면 나무에서 탄생한 물고기들이 천장을 헤엄쳐 다닌다 물고기들은 벽에서도 튀어나오고 쌓인 책들 속에서도 푸른 얼굴 내민다 가끔 주인이 외출하고 없으면 물고기들은 몰래 문 밖으로 나와 근처 인쇄소 거리 천천히 벗어난다 붕어빵 굽는 구멍가게 지나 찻집 많은 샛길을 자유로이 유영한다 이윽고 바다로 열린 대청로 입구 나서다가 차량 행렬에 막혀, 골목 안 은행나무 잎 속으로 은밀히 숨어든다 물고기들은, 그 잎들의 그늘에서 짝짓기한 뒤 나무 겨드랑이에 자잘한 알을 깐다 그러고는 아무 일 없었다는 듯 둘씩, 셋씩, 다시 백년어서원으로 돌아간다

해녀와 돌고래

제주도 협재 바닷속에선
해녀와 돌고래 함께 헤엄친다
물질하는 해녀 곁으로 돌고래들 몰려와
몸 뒤집고 장난치며 좀체 떠나지 않는다
해녀가 전복 따면 짓궂게 따라와 입질하고
해녀가 떠올라 숨비소리 내면
돌고래도 점프하며 힘찬 물보라 내뿜는다
먼 옛날 바닷가 한 마을에 살았던
같은 혈족의 등 푸른 남매였을까
벌거숭이 돌고래들 자맥질하는 자세도
물갈퀴 잠수하는 해녀와 똑같다
같은 물속에서도 먹이 다투지 않고
인간과 돌고래 서로 어울린 모습
볼수록 즐겁고 입 벌어진다

중앙하이츠

환한 봄밤, 달걀 노른자위가 허공에 익는다. 바람 불 때마다 아파트 유리창에 언뜻언뜻 벚꽃비늘 떨어지고, 빗금 긋는 그 비수의 날카로운 눈부심에 찔려 컹컹컹, 305호 개가 짖는다. 이윽고 승강기 움직임도 멈추고, …… TV 연속극이 끝난 침실마다 아내들이 꽃 피는 봄 바다를 펼쳐 놓는다.

한 자리

그는 떠나고
신발장만 남았다
이 봄날, 바다로 쏠리는 바람에 실려
분분한 벚꽃들 일시에 흘러가고
그 눈부신 길을 따라
그도 가고
다니던 직장의 현관
이름표 붙은 신발장만 여전히
산 사람들 신발장에 섞여, 한 자리
어둡게 빛난다

어쩌면 그도 여전히
산 사람들 틈에 남아 있는지 몰라
이웃한 신발장 수시로 열리고 닫힐 때
그도 슬쩍, 끼어드는지 몰라
사람들 눈에 안 띄게
출석체크하며

비가悲歌

애인 잃었네

하마정 굴다리 옆 철둑

홀로 섰던 벚꽃나무

온몸 환하게 불 밝히고 봄날 며칠

나 때문에 신열 앓던 그 모습

동해남부선 공사에 떠밀려 기우뚱

몸이 한쪽으로 기울어지면서도 끝까지

안간힘 쓰며 자신을 꽃피우던 그녀

차창을 통해 나와 눈 맞추며

내 사랑 마다 않던 요염한 자태

콘크리트 구조물 완강하게 들어서자 애처로이

나에게 구원 요청하다가

어느 아침, 흔적도 없이 잘려나간 그녀

내 사랑 벚꽃나무

빠르게 열차 타고 다니며 스마트폰

탐색하기 바쁜 사람들 이제

아무도 기억 못하네

평상

오늘 하루 실종되리
휴대폰 끄고 꽃나무 아래 누워
바람의 통신에 온몸 내맡기리
아들딸 취직 걱정, 은행 빚으로부터 나를 끊고
장유계곡 환한 벗꽃 그늘에 누워
맑은 새소리로 나를 채우리
분분한 꽃잎으로 나를 축복하리
낮잠 속에 바람 타고 내 몸 둥둥
하늘로 떠오르면
빈 통나무배 되어 얼마나 가벼운가
온종일 들어도 상쾌한 물소리
공중으로 헤엄치는
피라미들의 소풍 행렬

꽃잎 분분한 평상에 누워
세상에 등 돌리고 물소리 들으면
이 몸 비로소 빗장 풀리누나

등꽃

비난 말아다오
놀부 심보로 뒤틀리고
사악한 뱀 몸뚱이로 엉킨 줄기라고
걸핏하면 사사건건 트집 잡는
갈등의 무리라고
비쭉비쭉 흘기며 욕하지 말아다오
서로 몸을 얽어 스크럼 짜고
평등한 사랑으로 어우러진 우리
온통 보라색으로 화엄의 꽃등 밝혔나니
사월 함성으로 눈부시게 살아나
운동장 스탠드 덮고 그 위의 하늘 덮었나니
이 장엄한 반란 누가 막을 수 있으랴
흑백도 아니고 적색도 아닌 우리
굳이 종북이라 몰아세우지 말아다오
그대들 대나무지조 곧고 푸르다 해도
난세엔 죽창으로 피 묻히는 것을
그대들 매화향기 높고 맑다 해도
배고픈 이웃에겐 저녁추위인 것을

볼품없이 연약한 몸으로 낮게 얼크러져
다양한 갈등 속에 꽃피는 우리
무질서하다고 불온시 말아다오
환한 꽃밭이네! 그저 놀라운 얼굴로
한 발짝 가까이 와 다오

눈부시다

밀양 단장면 창마마을
냇가 산책하다가 기이한 느티나무 만난다
중턱이 꺾여 몸통은 거의 사라지고
거죽만 조금 남아, 거기서 돋아난 가지에 새순 달고
하늘하늘 생의 환희 노래하는 고목

그 곁에 가만 서 본다
꺼멓게 잔해가 된 고목의 몸 안
얼마나 많은 결이 있었는지, 그 결마다
숨겨둔 곡절 있었는지 알 수 없다
많은 시간, 인근 주민들의 한가로운 낮잠
개구리 저녁 울음이 고여 있었겠지
봄날 허공에서 뛰어내린 빗방울들의 발자국
그 맑은 감촉도 아롱져 있었을 거야
재잘재잘, 푸른 새소리도 그 안에 자라고
오랜 계절 참으로 행복했겠지
그러다가 어느 여름날
먹구름 찢은 번개의 칼날이

느티나무 몸을 세로로 쪼갰을 거야
그 충격으로 몸통의 2/3는 죽고
1/3만 남아, 깊이깊이 신음했겠지
가물거리는 어둠의 긴 터널 지난 뒤
이윽고, 발바닥 간질이는 맑은 물소리에 깨어나
따뜻한 햇볕과 바람에
지금 이 모습으로 살아났을 거야

일생의 기록무늬 다 지우고
큰 고통 속에서도 다음 생을 마련한 느티나무,
초록 새순 내민 허공으로
봄날이 눈부시다

비정규직의 하루

　발밑이 출렁, 대문 나서는 순간부터 외줄이 저쪽까지 흔들
린다 나의 하루는 언제나 즐거운 줄타기, 눈부신 봄날이 와
도 황홀한 긴장 가시지 않는다 어제 대낮에도 버스 승객 둘
땅꺼짐 구멍에 빠지고 아파트 건널목에서 고양이가 벤츠에
치였다 그래서 세상은 더욱 신나게 돌아간다 TV 화면보다
눈부시게 돌아간다 놀이기구보다 구슬치기보다 빠르게 돌
아간다 나도 예외 없이 허공에 꽃잎으로 뒤집힐 수 있어 간
이 오그라들도록 외줄을 탄다 거래처 가서 굽신굽신, 은행
가서 돌려막기, 점심은 먹는 둥 마는 둥 마감 향해 치달으며
갖은 묘기 다 부린다 이래서 나의 하루는 더욱 짜릿짜릿!

제 2 부

대금

비 오는 날은 대금 불기 좋지
부전시장 보리밥집 주인과 마주 앉아
텅 빈 마음으로 대금 불기 좋지
굴곡 많은 인생살이 말 못할 사연 많아
막걸리에 한숨 섞어 가락 풀기 좋지
상령산 청성곡 전통국악 밀쳐두고
황성옛터에 울고 넘는 박달재
격식 차리지 않고 음률 고르기 좋지
보리밥집 입구에 빗방울 들이쳐도
대금 청이 잘 울어 문풍지보다 잘 울어
울지 않는 마음으로 젓대 불기 좋지
딸부자 주인영감과 가난한 서생인 내가
서로 이면 감추고 장단 맞추어
옛날 곡조로 시름 풀기 좋지
부슬부슬 내리는 비로 술잔 기울이며
막걸리 가락에 대금 불기 좋지

합천 영암사지에서

더 갈 데 없어
찾아온 폐사지

그래도 몰락은 없네
돌조각처럼 깨진 사랑도
땅속 금동불로 환생하든지
하늘벼랑에 도라지꽃으로 피어나네
모든 것 묻혀서 편안한 잔디밭
느티나무 한 그루 한낮 지키고
초록 뻐꾸기 울음 그 안에 솟아나네
절터 안쪽 걸어 들어가면
돌거북 두 마리 허공 짊어지고
앞산 넘으려고 앞발 쳐드는 몸짓!
나도 바위산 품고 때를 기다리며
삼층석탑 추녀 끝에
푸른 기도 하나 매달고 싶네

아, 저 환한

쌍사자석등!

밀애

은행나무야,
그 조랑조랑 매단 열매들 좀
흔들어대지 마.
푸른 바람 서늘히 불어
부전동 쌈지공원에 첫가을 찾아와 노숙하는 지금
은행나무야 제발
그 열매 달린 팔 길게 뻗어
호프집 〈체르니〉 창문 두드리지 마.

바다 거슬러,
도심의 복개천 거슬러,
전어들 팔딱팔딱 횟집 수족관 쳐들어와
피아노 건반 두드리면,
하늘우물 속 잔잔한 기침 울리고
첫영성체한 아이들
성당 골목에 쏟아지나니,

이 맑고 단맛 나는 계절,

열매 달린 몸으로 은행나무야 제발

나 좀 건들지 마.

가을 석포

처서 지나
성당 오르는 언덕길
석류들 주렁주렁 매달려 있다
감나무엔 감들
모과나무엔 모과들 익어간다
키 작은 집들 비탈에 달라붙어
옹기종기 이웃한 산동네,
주일 햇볕 속에 과일나무마다
가을이 풍성하게 여물어간다
언덕 끝집 대문간엔 진돗개 한 마리
바깥세상 감시,
그 옆 남새밭 무화과 그늘엔
고양이가 지키는 고요

이러한 풍경 안으로 잠시 뒤
아장아장 꼬마 둘 엄마 손 잡고 등장
저게 뭐야, 저게 뭐야, 손가락으로 연신 열매들 가리킨다
이때 참새 가족도 어디서 날아와

짹짹짹, 짹짹짹짹,

언덕 위에 한바탕 바람의 음표 흩뿌린다

관계

우리 동네
드림떡방아 주인아저씨
아침마다 일하기 전
문 밖에 나가
은행나무 가로수 아래 쌀 한 줌 뿌린다
참새들 먹으라고

그러면 전깃줄에 앉았던 참새들 모두 내려와
쩍쩍, 아침인사 햇빛에 반짝이며
모이 찍어 먹는다
다투지 않고

그 장면 하도 좋아
우리 동네 꼭대기 석포성당도
빙그레 웃으며 내려다본다

하늘거울, 쪽배

우포늪 맑은 물에 쪽배 한 척 잠겨 있다
세월 놓치고 뒷전으로 밀려나 천천히
물 아래 가라앉는 생의 한 부분 보여주고 있다
무엇으로 채우려던 욕심 비운 지 오래
수초와 펄을 헤집던 삿대도 잃은 지 아득
삭은 관절 편안히 수면에 내맡기고 있다
생각하면 지난날들 모두 뜬구름
한 몸 고요히 해체하여 물로 돌아가는 것을
고물에 달라붙는 왕성한 물풀
생이가래도 이젠 생광스러울 뿐이다
한랭전선 떠메고 올 철새 기다리며
시린 물낯의 하늘거울에 담긴, 환하게 굴절된
잎 진 나무들 물구나무선 그림자
쪽배 빈 가슴에 또 다른 풍경 매단다

…… 이쪽 언덕에서 유심히 지켜보면
쪽배가 가라앉는 속도만큼, 기척 없이
저문 산이 저쪽으로 자리를 비켜 앉는다

노숙

맨발 두 개가 누워 있다
평상에 사내의 맨발 두 개가 편안히 누워 있다
그 곁엔 느티나무 한 그루
시효 지난 잎들을 시나브로 떨군다
잎들은 무심히, 사내의 몸 위에도 몸을 포갠다
큰大자로 돌아누운 사내의 푸른 낮잠
그가 마신 낮술보다 깊은 사원을 짓는다
시간 지날수록 사내의 몸은 점점
느티나무 잎으로 모자이크된다

복천동 안동네, 쌈지공원 오후가
빈 술병보다 고요하다

장고개

한 잔 술로 위로받은 저녁, 장바구니 틈에 끼어 장고개 넘는다. 자유시장 입구에서 남구3번 마을버스 타고 조방 앞 지나 문현 교차로에서 오른쪽 돌면 좁고 꼬불꼬불한 곱창골목. 내가 걸어온 과거보다 복잡한 통로. 그걸 돌아 우여곡절 끝에 출구 찾으면 이번엔 가파른 고갯길! 아무리 애써도 단숨에 넘을 수 없는 아슬아슬한 장고개…… 한 잔 술에 의지해 그 고개 간신히 넘는다.

세상 길 가도 가도 아슬한 고개. 어둠 속에 허위허위 장고개 넘다 보면 마을버스 털털거리듯 나도 숨이 차다. 사막 건너는 낙타처럼 나도 외롭다. 그래도 바람 맞서려 제7부두 저쪽, 저녁 바다 불빛 보고 이를 악문다.

뒷길

기역자로 굽은 허리

니은자 빈 유모차 밀고 간다

명장동 봉황맨션 뒷길

낡은 길바닥 위로 가을햇살 따스한데

기역자로 굽은 허리 꼼지락꼼지락

자벌레 보행으로 빈 유모차 밀고 간다

유모차 없던 시절에 애기 업고

밥 짓고 빨래하고 물 긷던 허리

마침내 망가져

망가지지 않은 유모차 밀고

집 바깥으로 바람 쐬러 나간다

이미 마음 안은 허허로운 묵정밭

빈 허수아비 천 개나 들어차도

새소리 동무 삼아 말벗 찾아 나선다

목에 달랑,

휴대폰 하나 걸어 주고

기역자 허리 떠난 2남 4녀

오늘도 무탈한지

갈수록 이마는 땅에 가까워져

뒷길엔 이제
빈 유모차와 함께
빈껍데기 노모

생존1

칠산동 언덕 위
키 큰 아카시아 우듬지
연등만한 벌집 하나 매달려 있다
말벌이 지은 그 벌집 태풍에도 끄떡없고
119 대원들 와서
물대포 쏘아도 막무가내다
대롱대롱
떨어질 듯 떨어지지 않고
대롱대롱
세상 비난 조롱하듯 끈질기게
눈부신 나날 이어간다

-굴뚝 꼭대기에서 농성하는
저 노동자들 또한,

생존2

　자갈치시장 난전, 가오리 오징어 호래기 조개 온갖 어물
파는 질척한 바닥, 사람들 뒤엉켜 발 디딜 틈 없는 그 틈새,
이쑤시개 고무장갑 손수레에 얹어 굳세어라 금순아, 옛 노래
밀며 발 없는 몸통으로 천천히 기어가는 사내 하나 있다.

이 몸, 낙타

-새벽녘 눈 뜨면 나는 사막에 누워 있다

새날이 밝았다

모래 털고 일어나

또 오늘 하루를 건너가자

등엔 혹보다 무거운 짐

그 위에 맹렬한 태양

운명적으로 그어진 지평선 가로질러

딸랑딸랑, 대상 행렬 만들어

저 너머 한 세상 꿈꾸며 가자

꾸르륵, 꾸르륵

길은 뱃속에서 삐져나온다

한 번 걷기 시작하면

지친 몸 가도 가도 하염없는 모래,

속눈썹 콧구멍에도 모래는 서걱댄다

터덜터덜 언덕 하나 넘으면

다시 펼쳐지는 끝없는 사막,

제 그림자 밟고 허기 참고

뜨거운 길 위에 숱한 발자국 찍어도

몸 둘 곳 언제나 지상 끄트머리

그래도 저물녘
저 너머 어디쯤 오아시스 만나
짐 부리고 퍼질러 물 마실 때까지
빵 먹을 때까지
가자, 이 몸 낙타야
목마른 시간 너머 팍팍한 능선 너머
오늘 하루 또 살아내야 하는
나를 견디며 걷자

은행나무 · 꿈

　소년인 내가 은행나무 몸을 열고 안으로 들어간다 눈동자 동그란 단발머리 소녀가 앞으로 걸어 나온다 당신과 결혼 하고 싶어요 단발머리 소녀의 고백에 노랗게 물든 나는 잠 시 머뭇거린다 신부님이 단발머리 소녀의 후견인으로 성당 앞에 서 있다 신부님 복장은 흰색과 검정색이다 그때 성당 의 종소리가 노란 은행잎으로 부서지며 내 몸이 환하게 부 풀어 오른다 노란 풍선으로 부풀어 오른다 그러다 어느 순 간 공중으로 떠올라 높이높이 날아간다 가지 마세요 단발머 리 소녀가 발을 동동 구른다 그 옆 신부님은 말이 없다 여전 히 흰색과 검정색 복장이다 어? 어? 나는 내 의지와 무관하 게 가을언덕 위로 성당 지붕 위로 구름 위로 신나게 떠오른 다 …… 은행나무의 몸은 무한히 넓다

순례
-이해웅 시인

1
등을 받쳐주던
언덕 하나 사라졌다

허전한 두 눈에
기장 바닷가로 트이는
퍼언한 하늘

그 아래
저 멀리 닿을 수 없는 고향
고리古里 찾아가는
한 시인의 뒷모습

평생
새벽 창문 열고
시의 바다 스케치한
노老시인의 뒷모습

그의 초상背像은 이제
안경 낀 물새
시간의 발자국* 찍으며
홀로아리랑 부르는
안경 낀 물새

2
길을 나서면 가끔
어제 불던 바람이 오늘도 분다
계절은 시월 끝에 윗도리 벗어 걸고
온천천 따라 천천히 잎 떨구는 나무들,
사방 야산들이 일제히 나를 향해
낮게 낮게 읍을 한다
외투 주머니에서 원고 꺼내 들며
시협詩協 사무실 걱정하던 따뜻한 미소
교대 입구 찻집에도 서면 시울림 행사에도
이제 그는 없다

바다풍경 그리운 동해남부선
가을저녁 한 굽이를 돌아나갈 뿐

*시간의 발자국: 이해웅 시인의 고희 기념 시전집

폐사지에서

나, 한 그루 은행나무로 물들어
그대에게 닿을 수 있다면
온몸 황홀하게 물들어
그대 마음 어귀에 놓일 수 있다면
가을저녁 폐사지에서 깊은 적막
홀로 밝혀도 좋으리

그대 언제나
내 그리움 불타는 서녘 하늘 아래
긴 묵상에 잠긴 삼층 석탑
천 개의 잎 달고 만 개의 기도문 흔들고 들어가도
문을 열 수 없는
짙푸른 그림자의 고요

　내 기다림은 이제 황매산 영암사지 귀부龜趺 한 쌍 비신碑身
잃은 등에 바위산 얹고 오체투지로 남쪽바다 건너는 시간만
큼 길어졌느니

이 늦가을

나, 한 그루 노랑 색종이로 콜라주 되어

그대에게 배달될 수 있다면

쇠기러기 울고 오는 시린 하늘 아래

사흘 밤낮 칼바람 맞아도

섧지 않으리

제 3 부

허공

1
눈이 내린다
요양원 앞 감나무 가지 끝
까치 한 마리 운다
2층 4호실 노파는 오늘도
딸네 집에 간다고 출입문 서성댄다
요양보호사들 말려도 창가에 달라붙어
외동딸이 자기 데리러 온다고
눈 내리는 허공만 하염없이 가리킨다
그 노파는 외동딸이
자기를 버린 줄 모르고 있다

2
까치 우는 방향으로 길 따라 가면
바다가 보이고
도시의 남쪽 끝, 노파네 집
오래 투병해온 노파의 딸도 또한
병 깊어 하루하루 여위어간다

팔만대장경

아무것도 말할 수 없다
우리가 어느 날 눈 속을 걸어
해인사 장경판전에 닿기까지
거기 닿아, 지친 몸 내려놓고 시린 마음으로
경판의 문구 하나 돋을새김하기까지
아무것도 볼 수 없다
눈 내리는 소리에 귀 열고
내가 누구인지 생사의 너머 어디인지
몸 바뀐 글자들 경판에서 더듬다가
문득, 내 안의 큰 고요 대면하기까지
아무것도 찾을 수 없다
아아 부처님 가피로 나라 지키려 했던
고려인들 발원으로 세워진 법보
저 얼마나 장엄한 바다인가
무량한 눈밭인가
아승기겁의 인연 밟고 오시어
위없는 깨달음 얻으신 이의, 그 가르침의
아함경 방등경 반야계율 법화열반

화엄부 낱낱이 판각되어 있도다
설해도 듣지 못하고 직지해도 그림자만 보는
우리 망상 부수려고 저 많은 방편들
밭이랑에 씨 뿌리듯 새겨 두셨도다
우리가 어느 날 눈 속을 걸어
가야산 해인사 장경판전에 닿기까지
거기 닿아, 경판의 말씀 하나 씨앗 받아 품기까지
내 안의 보물은 만날 수 없다

나무실 합천이씨

집도 어찌 그리 가난하던지
이 골짝에 시집 와서 참 많이 굶었니라
뼈 빠지게 농사지어도 묵을 거는 없고
다달이 돌아오는 제사는 베미 많나
느거들은 맨날 배고프다고 울어쌓제
느거 할매는 걸핏하모 심통 부리제
에이구 말도 마라 느거 할매 질정없이 잔소리하는 거
명절 끝에 떡이라도 남으면 그냥
식구끼리 갈라무모 될긴데 그걸
짚동 새에 숭캈다가 말캉 썩하 내뺐다 아니가
비쭉거리며 며느리 험담은 와 그리 심하던지
속 썩은 걸 생각하모 엔간한 사설로 못다 풀레라
처음엔 못 사는 집에 시집보낸 친정부모 원망
하루에도 열두 번 죽고 접은 생각뿐이었제
그러다가 느거 형제 태어나고 제우 마음 가라앉아
이럭저럭 정 붙이고 살아내지 않았나
느거 공부 시킬라고 무거운 장사보따리 이고
이 마을 저 마을 집집마다 안 간 데가 없니라

그중에 니가 공부를 잘해 큰 보람이었제
내가 처음 장사 나설 때 손에 쥔 거 없어
쌀 서 되, 깨 반 되 갖고 부산으로 나갔구마
그걸 밑천 삼아 장사하러 나갔제
느거 이모 집에다 밥 붙여놓고
진시장이랑 중앙시장 노점에 살았니라
그렇게 번 돈을 느거 이모부가 차곡차곡
치부책에다 적어 모다주며 그래도
일 년 동안 백만 원 넘게 벌었다고 위로했제
그란데 그해 세한에 느거 종조할매집
박 서방네 치운다고 어찌나 오라고 야단인지
그 질로 나무실 올라와 여기서 보따리장사 안 했나
그 세월 속에 친정부모 세상 베리고 형제 모두 죽고
이제 지난 일 따지모 머하겠노
느거 형제 건강하고 손자들 잘 되모 그만이제
내사 마 이 세상에 아무 미련도 없능기라

알레르기

　내 허락도 없이 미군 B-1B가 동해안 비행한 직후 몸의 신경선 따라 자잘한 붉은 반점 번진다 고운피부과에 가니 알레르기 증상이라고 엉덩이에 주사 놓고 3일치 알약 처방해 준다 하룻밤 자고 나니 피부 깨끗해졌는데 미군 핵잠수함 나 몰래 부산항에 도착한 뒤 다시 같은 증상 도진다 간질간질, 흩뿌린 듯 사지에 백일홍 돋아난다 혹시 깊은 병인가 재차 고운피부과에 가니 단순한 알레르기라고 똑같이 치료해 준다 미군 사드가 사디즘처럼 나를 괴롭힌 날도 고운피부과에서는 똑같이 대해 준다 이상한 일이다 내게는 분명 알레르기 아닌데 전문의는 너무 예민하게 반응하지 말라며 조용히 웃는다 아내도 곁에서 웃는다 결국 나는 뉴스 외면하고 병원 진료도 거부한다 알레르기 번져 온몸 가려워도 거울이 웃어도 음식 거부하고 수상한 세월 들여다본다

C3 계곡

80년대 초
8사단 번개부대에 배속된 나
화기소대 M60 기관총 메고
고된 첫 훈련에 투입되었다
이른바 초전3일 작전,
한반도 유사시 최전방 6사단 무너졌을 때
완전군장으로 역습해 올라가는
실전 연습이었다

무더운 8월 야간
포천 길명리에서 출발한 우리 중대
양문리 들판 지나 한탄강 따라 오르다가
관인에서 왼쪽으로 꺾어
C3 계곡으로 들어섰다
야전경험 없던 나는 관인에서
고참 심부름으로 수통에 물
받으러 갔다가 소대원 놓쳐
어둠 속을 1시간 헤맨 끝에 간신히

C3 계곡 안에서 일행 따라붙었다

군화 못에 찔리고
물집 잡힌 발바닥 엉망이었다
가도 가도 계곡은 끝이 안 보이고
군장과 기관총에 짓눌린
이등병 나, 학대 받는 짐승처럼
신음 삼켜야 했다

그래도 우리 부대
가상의 게릴라 소탕하며
일사불란하게, 개미 떼처럼
긴 어둠의 계곡 은밀히 통과했다
곧장 금학산 넘어
6사단 유격장 지나 철원평야 소이산
정확히 여명기에 공격했다
나는 고참이 쏘는 기관총 탄피 받으며
잔인한 전쟁놀이 한없이 증오했다

-바로 그 금학산에서 최근

느닷없이 날아온 유탄에 맞아, 6사단 병사 한 명

사망했다는 보도 있었다

나목

나이 들면서
겨울 나목이 좋다

무성한 잎 다 버리고
잔가지들 치고
마지막 남길 것만 남긴
뭉툭한 몸통,

흑백으로 목판화 찍듯
자신의 존재 지상에 박아놓고
옹이 많은 생애 허공에 반쯤 맡긴
극도로 단순화한
토박이 모습,

무슨 말이 필요하랴

그 위에
둥근 달 걸리면

더욱 환한 것을!

새

1
어디로 갔을까

겨우내 부전시장 맴돌며
쓰레기통 뒤지던 그 사내
구루 같던 노숙자

장발에 빤질빤질
때 묻은 외투

먼 허공 올려다보며
퀭한 눈으로
쉼 없이 입속말 중얼거리던
그 모습

천천히
지친 육신 이끌고 낡은 구두와 함께
지상 너머 어디로

사라졌을까

낙타처럼

2
어느 추운 새벽
부전시장 앞 간선도로 건너다, 아차
택시에 치여
그 몸피만한 동그라미 남겨놓고
경찰이 뿌린
스프레이 동그라미
남겨놓고

홀연
먼 하늘로 날아간 것 아닐까

가벼워지기 위해!

비염

또 코가 막힌다
귀찮게 콧물 흐르고
재채기 터진다
없던 증세 갑자기 발동한 것은
작년 시월부터,
하필 그 시점에 내 코
막힌 내력 나도 모르지만
코 안에 어떤 변화 생긴 게
분명하다
아내는 면역 떨어졌다고 걱정
추우뮌은 참외꼭지 가루
콧구멍 안에 불어넣으면 낫는다고 장담!
그러거나 말거나 나는
이까짓 사소한 걸로 무슨 호들갑
콧물 훌쩍이며 버틴다

그런데 가만 생각해 보면
내 코 어딘가에 누가 은밀히

교통체증 자주 발생하는 교차로
아니면 물길 가로막는 4대강 댐을
급조하지 않았나 의심이 간다

에이, 이놈의 코
팽!

개인史

부전동 건널목 신호등 아래
간밤 토사물 얼어붙어 있다
콩나물 미더덕 라면가닥 엉켜
포탄 자국보다 참혹하다
밤새 누가 또 어둠을 짖었나 보다

　지난밤에도 부전동 샛골목 술집마다 술판 벌어져 동창끼리 계모임 바둑꾼들끼리 뒤풀이하고 기분 좋게 짠, 건배하고 그러다 누가 술김에 야당 욕하고 순식간에 좌빨 우꼴로 갈라져 빡빡 우기고 그중 한 사람 과격하게 씨발, 니가 뭐 잘났노! 삿대질하고 결국 술판 깨져 같은 편끼리 이차 삼차 가고 마지막 택시 타기 직전 왁, 토했을 것이다
　참담하게!

이 항구도시 개인史는 언제나
저 토사물보다 참혹하다
불에 타 죽거나 조선소에서 질식해
죽거나 빚으로 투신해 죽는다

심한 경우에는 치정에 얽혀
외진 해변에서 토막토막 죽는다
그래서 가능하면 허연 이빨로 악쓰고
밤새 울부짖는다

감전

어디서 날아왔을까
오줌 누는 화장실 창밖
고목에 붙은 큰오색딱다구리
검고 흰 바탕에 화려한 주황색
나무에 세로로 달라붙어 콕콕콕
콕콕콕콕
먹이활동 한창이다
마음만 먹으면 저놈
생나무 구멍도 시원히 뚫는다는데
고목에 붙어 콕콕 쪼는 일
아무 일도 아니다
콕콕콕 콕콕콕콕
그저 신명난 부리 공이질
방아타령보다 절창이다
여기 기웃 저기 기웃
한 구멍도 제대로 못 뚫은 나
괜히 민망하다

시선 빼앗겨
숨죽여 얼어붙은 듯
황홀한 순간,
어느새 내 방뇨도
감전되고 만다

복천동고분군

1
시선 너머
텅 빈 공간이 둥글게 떠오른다
동래시장에서 북장대 방향으로
넉넉하게 자리 잡은
가야시대 고분군,
그 능선 언제나
임신부 배처럼 불룩하고
곡선이 살아 있다
옛사람들 저렇게 한때를 살다 갔어도
생사 넘어 영원까지
능선 펼친 유연함을,
나 어떻게 떠받들어야 할까

2
아침 출근시간
겨울나무 몇 그루 고분군 능선 위
하늘로 떠 있다

그 나무와 나무 사이
주민 두어 사람 느릿느릿 걷는다
가야시대 고분 속에서 걸어 나온 존재인 양
코로나19와 무관하게
아랫동네 등지고 천천히 걷는다

나도 버스에서 내려
천 년 하늘 위로 걷고 싶다

대기초등학교

황매산 아래
교원이 부족한 벽지학교
육중한 바위산이 내려다보고 있었다
담임 없이 넘기는 한 학기
배고픈 오후 시간을
앞산 뻐꾸기가 달래 주었다
부잣집 아이 몇은 파랑새 찾아
일찌감치 도시학교로 전학
가난 속에 남은 동급생들만
농사 배우며 구슬치기로 세월 보냈다
머리는 기계총 까까머리
무논 개구리보다 천덕꾸러기였다
여름이면 육성회장집 보리 베기
겨울이면 난로땔감 찾아 야산 누비며
손톱 밑에 때가 새까맣게 끼었다
우리도 어서 어른 되어
먼 도시로 나가자고 콧물을 훌쩍
바람개비 돌리며 운동장 마구 달렸다

간혹 어른들은, 천황재 넘어온 산사람들
가회 지서 습격하던 무서운 얘기 했지만
아이들은 충효사상과 반공교육 속
바위산 바라보며 야물어갔다

나도 그 아이 중 하나로 자라났다

삼천포 간다

삼천포 간다
오늘은 정월 초사흘 바람 찬 날
여자친구 만나러 삼천포 간다
늦은 나이로 대학 다니며
별 말도 없이 4년을 함께한 여자친구
그녀로부터 갑자기 기별이 와
그녀 만나러 삼천포 간다

낙동강 건너자 막막한 김해벌판
그 너머 시야 가리는 희뿌연 황사
어느덧 내 맘에도 황사가 덮여
사막 걷는 기분으로 삼천포 간다

눈물 많은 박재삼 시인의
유년 추억이 살아 반짝이는 곳
노산공원과 목섬이 누이보다 다정한 곳
그 삼천포에
그러나 오늘은 정월이라 초사흘

30년 만에 기별 온 여자친구 만나러
나 홀로 간다

삼천포 장례식장
영정 속에서 웃고 있는
그녀 보려고!

내리는 눈발 속에

숯가마 앞마당
참나무 더미에 눈발 날린다
우두커니 서서 그걸 바라보면
백두산 기슭 원시림 떠오른다
드넓은 평원 어디쯤
쩡쩡 울리던 벌목 소리 살아나고
용정에서 이도백하까지 눈 속을 달리던
화차의 거친 숨결 씩씩 다가온다
언젠가 약수촌 김천경 노인이 들려주던
독립군 노래도 귀에 뜨겁다
아아 폭설에 지워지는 산맥의 푸른 정맥들
참나무 몸 안에 결결이 박혀 있는 것을
개마고원 산막에서 우등불 지피다가
백두대간 타고, 강원도 화전민 아궁이 거쳐
어느새 장유계곡 숯가마까지
불잉걸 되려고 전송되었나?
통째로 쌓인 저 참나무 더미!

장유계곡

겨울 깊은 골짜기
숯 굽는 냄새가 하늘을 덮는다
날씨는 계속 가물고 빈 가지에 참새 몇
닳소리 배우는 한나절
아내의 아픈 몸 숯가마에 들여놓고 나 홀로
계곡의 물가 거닌다

아무리 걸어도 아무리
생각해도

노란 산수유 피는 봄날 오기까지
메마른 자갈밭 추위는 길다

제 4 부

역광

양산 부산대병원 101병동. 5인실 창가 침대에 60대 초반의 여인이 누워 있다. 위암 말기인데 암세포가 번져 3개월밖에 살 수 없다고 한다. 고향은 강원도지만 남편과 이혼 후로 두 딸 키우며 부산에서 살아왔단다. "…… 자식이나 부모 형제 아닌 이 몸에 병을 주신 하느님께 감사하고 있습니다. 이런 고통을 내가 아닌 다른 가족이 겪는다면 나는 더욱 견디기 어려웠을 것입니다." 탈모된 머리 감출 생각도 않고 편안하게 웃는다.

하늘통신
-아내에게

헬레나

그대 사는 하늘 편안한가

흘러가는 가랑잎 따라 계절은 서쪽 강 건너고

푸른 달빛 자주 아파트 유리창 적신다

그대 이별하고 지상의 빈방에 갇힌 나

무슨 할 말이 있겠나

우리 손때 묻은 성경과 묵주

여전히 책상 위에 모셔져 있건만

집 안의 모든 시계 멈춰 버렸다

그대 아끼던 화초들도 몸 둘 바 몰라

시름시름 앓다가 시들고 말았다

하늘이 맺어준 것 사람이 끊지 못하리라

그 말씀 받들며 살려 했는데 우리 사랑 이미

행성 저쪽으로 빗금 긋고 사라졌다

무슨 할 말이 있겠나

창밖엔 겨울바람 나뭇가지에 매달려 울어도

나는 도무지 무관해서

밤늦도록 눈물 없이 홀로 앉아 있다

독한 술 마시며

사순절
-아내에게

그대 없는 지상
메마른 바람 분다
신종 바이러스 번져 도시 봉쇄되고
흰 마스크 시민들
표정 없이 걷는다
자가 격리된 TV마다 비상시국 선언
중심가 건물 옥상에선
삐라처럼 유언비어 흩날린다
참회할 줄 모르는 교회도 폐쇄되었다

헬레나,
나 어디로 가야 하나
스스로 칩거하며 수난복음 읽으면
엘리 엘리 레마 사박타니
어느새 나도 벽에 못 박힌다
홀로 밥 해 먹고 홀로 커피 마시고
홀로 중얼거리며 끝없이 침잠한다
어느새 나도 사도신경 위에

그림자 길게 드리우고
홀로 쓰러진다

찰랑찰랑,
생수 한 동이 머리에 이고 그대 지금
어느 하늘 오르고 있는지?

산책

-아내에게

백양산 갈맷길 걷는다
우리 옛날 그 길을 홀로 걷는다
온 천지 벚꽃 환하고 햇빛 맑은 날
멧새 소리 동무 삼아 먼 과거로 걷는다
작은 암자 지나 솔숲 산책로
산에 오면 산속 식구 따로 생겨
바람꽃 입 맞추고 다람쥐 눈 맞추지
있잖아, 있잖아, 그대 애달아
내 귀에 속삭이던 유년 추억담
예저기 씨 뿌려져 새싹 돋는구나
잎눈 튼 오리나무 숨어 핀 진달래
수목농장 돌아 전망대 쉼터
우리 옛 동네 눈 아래 펼쳐지네
함께 다닌 성당도 마트도 보인다
다시 구불텅 언덕 하나 넘어
아, 정다운 바위틈 약수터
투병하던 그대 손 잡고 천천히 올라와
생수 나눠 마시고 하늘 우러렀던 곳

이젠 모두 과거가 되었지

어느덧 쉬엄쉬엄 내리막길
윗도리 벗어들고 홀가분하게 걷는다
오늘도 그대 생각
외진 한나절

가족
-아내에게

헬레나,
우리 부활은 저 언덕 위
은행나무 숲에서 온다

온몸 하늘에 내맡기고
겨우내 묵상하던 저 나무들,
바다 건너온 봄바람에 가지마다 초록 입술 내밀어
우듬지풍선 공중으로 부풀리며
그 안에 깃든 새들 자잘한 새끼 까
재잘재잘 우짖는 소리,
진종일 허공 한 필 풀어 놓는구나

생각하면 우리 모두
하늘이 내린
생명 숲속의 새 떼,
식구끼리 가지 위에 작은 둥지 틀고
재잘재잘 부리 맞추며 살다 가는 것을,
비바람 속에서도 새끼들 먹이 챙기며

지상의 날들에 감사,
숟가락질하는 것을

먼저
천상으로 올라간 그대
잠시 내려와
숲에서 한나절 놀다 가면 안 될까,
노랑부리 지저귀는
우리 새끼들 함께!

수원지
-아내에게

유난히 환한
벚꽃가지 하나
맑은 수면에 닿을락 말락
구부러져 있다
분홍 귓불 물들어
사랑의 손장난하듯 조금만 더
조금만 더, 안간힘 쓰며
물밑 허공 잡으려
골똘해 있다
그 모습 보기 안타까워
지나가던 바람이 살짝
건드려 준다
순간, 벚꽃가지 끝이 물낯바닥에 닿아
꽃잎 두 개 나풀
유정하게 떨군다

우리 한때
머물렀던 자리…….

달밤

환한 달밤, 중앙시장 안쪽 술집에서 두 사내가 비틀거리며 나온다. 그리고는 곧장 재개발지역 주택가 골목으로 걸어 들어간다. 철거 직전의 폐가들은 여기저기 전선이 끊어진 채 깊은 잠에 묻혀 있다. "여기서 오줌 한번 누고 가자, 우리 고 추친구 아니가." 한 사내가 제의하며 폐가 그늘진 벽에 오줌 발을 내쏟는다. 다른 사내도 망설임 없이 그 옆에 나란히 붙 어 서서 세차게 오줌발 내쏟는다. 달이 이윽히 내려다본다.

비 오는 날

처마 끝에 부슬부슬 가을비 오는 날, 간이술집 '부뚜막'에는 손님이 둘밖에 없다. 주모는 손님의 주문대로 갈치찌개와 데운 막걸리 뚝배기를 차려내고 옛날얘기를 한다. 처녀 때 에덴공원 갈대숲에 들어갔다가 한 남자를 만났는데, 그만 그 갈대숲 빠져나오지 못한 채 그 남자의 아내로 살게 되었다고. 몇 해 전 세상 떠난 그 남자 밉기는 하지만, 이렇게 비 오는 날엔 그 남자 그립다고…….

환풍기

 팔순 원장이 운영하는 부전동 서면기원. 손님이 별로 없다. 담배 연기와 오줌 냄새 밴 실내엔 오늘도 대여섯 명의 단골 바둑꾼이 수읽기에 골몰해 있다. 이따금 바둑돌 소리만 울릴 뿐 먼지처럼 쌓인 적막. 종이로 봉쇄한 환풍기 창은 실내 공기를 더욱 답답하게 만든다. 환풍기가 고장나서 그리한 모양인데, 희한하게도 바람 불 때마다 그곳에서 맑은 새소리 들려온다. 고장난 환풍기에서 새소리가 나다니?

 "원장님, 이상해요. 저 환풍기에서 새소리가 나요."

 "아, 네. 환풍기가 녹슬어 작동이 안 되는데 비둘기가 거기에 새끼를 깠십니더. 환풍기에서 새소리 나는 기원은 아마 우리집밖에 없을 낍니더."

까치집

1

명장동 삼보아파트 옆에 높직한 까치집 하나 눈부시다. 곧은 나무 꼭대기에 건설한 명품 집은 사방 전망도 좋고 볕도 잘 든다. 지난여름 몇 차례 태풍에도 창문 하나 다치지 않았고, 지금까지 층간 소음도 전혀 발생하지 않았다. 언제나 즐거운 까치 일가족이 재잘거리며 사는 집. 저 집은 평당 얼마일까?

2

저 까치집엔 우리가 두고 온 시골 마을이 들어 있다. 눈 내리는 동구 밖에 오래된 팽나무 섰고, 그 팽나무 우듬지에 오롯이 걸렸던 까치집 하나. 실로 그 까치집이 대숲에 에워싸인 마을 전체를 환하게 밝혀줬다. 저 까치집에 입주할 수 없을까?

칠산동 지붕 위를 누비는 고등어

고등어가 칠산동 지붕 위를 누비고 다닌다 두 마리에 5천 원 하는 싱싱한 고등어가 바다를 뜀틀처럼 뛰어올라 하늘 높이 구름에 가닿지 못하고 언제 재개발될지 모를 산동네 골목골목 누비고 다닌다 보름마다 달이 노숙하고 가는 꼬불꼬불한 비탈길 그 주변의 늙은 집들 위로 고장 난 음반처럼 돌고 돌아 트럭 위에 몸을 싣고 목청 쉬게 살아가는 늙은 가장家長 위해 등 푸른 고등어 두 마리가 오늘도 바다에서 튀어나와 칠산동 꼭대기 누비고 다닌다

즐거운 PC

또 들어온다

스팸메일

내 의사와 관계없이 제멋대로

입술 칠하고 다리 벌리고 은밀하게

카페 문틈으로 들어온다

@#$%&*!

오빠 나야 킬킬킬!

황홀한 밤을 섹시하게

접속하는 순간 로또 당첨!

묻지도 따지지도 말고 막무가내

대박 터뜨리라고 들어온다

훔쳐보라고 들어온다

호시탐탐 나의 사생활 노리며

약점 비집고 침투하는 무인비행기

연이율 500% 보장!

황금용을 잡아라!

곳곳에 노출된 나의 정보

한탕 크게 지르라고, 화끈하게
판을 벌이라고
내 기분과 무관하게 시나브로 들어온다
오늘도 내일도

거목巨木의 노래
-경남대학보 59돌 기념

이제 깨달았네
제자리 지키는 일이 왜 소중한지
들끓는 여론의 소용돌이 속
중심 잡는 일이 어째 어려운지
이제 비로소 알게 되었네
눈 뜨는 남쪽바다 잎새 사이
맨 처음 찾아오는 봄날에 누워
우리 얼마나 자유로웠느냐
캠퍼스 가득 꽃그늘 밝혀 두고
푸른 광장의, 함성으로 떠올라
우리 자주 논쟁하며
온통 젊음을 엎지르지 않았느냐
그래도 본디자리 돌아와, 우리
진리의 불씨 꺼뜨리지 않았네
양 날개의 균형 잃지 않았네
멀리 낙남정맥 힘차게 뻗어와
청산이 너울너울 춤추며 노는 곳
높은 가지의 기품 끝까지 지켰네

그러면서 한 해 한 해
펜의 우듬지 넓혔네

돌고 돌아

아침 동래지하철역 4번 출구
6번과 6-1번 마을버스 나란히 정차해 있다
6번이 먼저 출발하는데도 사람들 모두
6-1번만 탄다
지름길로 가기 때문

빨리 가면 뭐하나,
나 홀로 6번 타고 중앙여고 지나
동래중학교 모퉁이 돌아 조금 더 가
명륜교차로

신호등에 막혀 동래여성아카데미
다문화가정 생활체육교실 플래카드 보며
잡념 뒤집는 사이
어느덧 신호 풀려 동래향교 스쳐 현대아파트 앞
복산동 주민센터

네거리에서 우회전하면

동래구청 근처 '파리 장' 베이커리
승객 아무도 없어 터덜터덜 올라가 동래시장 어귀에서
뺑 좌회전하는 사이

6-1번 잽싸게 앞질러가고

6번은 다시 슬금슬금 내려가
복산동 주민센터 앞에서 우회전
우성베스토피아 거쳐 무량사 지나 복천동고분군 고개
넘어
코끼리유치원,
그 다음 인생문 옆에 나를 떨군다

끝내 마을버스 한 대를 혼자 타고 왔다

설렁탕 먹으며

짝퉁 가방 메고 명품 자태
뽐내는 발랄한 여자들의 엉덩이로 붐비는
깡통시장 안

설렁탕에 소주 한잔
걸치다가, 내가 먹는 쇠고기 진짜일까
국물은 짝퉁 아닐까

의심하다가,

아니야
진짜배기 짝퉁은 너무 진짜 같아서
이 땅에 문인 행세하고 다니는
숱한 시인이 짝퉁이야
넘치는 문학비 짝퉁이야

비틀다가,

앤디 워홀 이후로
진품의 아우라 사라져

원전 부품도 짝퉁
국방부 무기도 짝퉁
아파트 감리도 부동산 거래도
짝퉁짝퉁
학생들 내신도 다양한 입시 전형도
모두가 즐거운
짝퉁짝퉁짝퉁

하면서 소주 한 잔 홀짝
들이키는데,

금목걸이 금팔찌로 화려하게 치장한
짝퉁 女士가 끌고 가는 반려견,
내 얼굴을 말똥히 쳐다본다

-왜 그래 임마,

　나는 짝퉁 아니야!

발문

은행나무 아래서 새를 보다

구모룡(문학평론가)

　시집 원고를 받아들고 조성래 형을 처음 만난 때를 떠올린다. 1980년대 중반, 박병출 시인이 경영하던 '다선방'에 군복을 입은 채 그가 출현하였다. 나중에 '바우고개'로 이름이 바뀐 '다선방'은 당시 우리 청년 문사의 아지트였다. 대학을 졸업하고 늦게 군에 갔다 휴가 나온 차에 최영철 형에 이끌리어 함께 어울렸고 그와 나는 금방 '눈이 맞아'(?) 의기투합하였다. 지금도 그렇지만 환하게 웃는 얼굴이 매우 인상적인 호남이었다. 이번 시집의 「C3 계곡」이 말하고 있듯이 실제 그의 군 생활은 매우 고되었다고 한다. 앞선 시집에도 군대 이야기가 더러 나올 만큼 아픈 기억으로 각인되었다. 하지만 늦은 군대 생활의 고충을 전혀 느낄 수 없을 정도로 그는 쾌활하였고 빠르게 모두와 친숙했다.

　최영철 형과 조성래 형은 조숙하여 고교 시절부터 『학원』과 지역의 매체에 작품을 발표해 왔다. 둘 다 실력에 비하면 운이 모자라 신춘문예 등의 공모에 낙방을 거듭하던 차에 이윤택 시인의 중개로 『지평』 3집(1984년)에 얼굴을 내밀고 말았다. 나도 이 무크지의 편집 동인으로 막 참여한 터라 이로부터 우리 셋은 나란히 동행하였다. 제대한 조성래 형은 취업을 고심하면서 자주 아지트를 방문하였으나 곧 동래에 있는 모 여고에 국어 교사로 취직하였다. 1987년 여름에, 지금은 우리 곁에 없는 신용길 시인과 셋이서 백무산 시인을 만나기 위해 '울산사회선교협의회'를 찾은 기억이 생생하다. 온몸을 그을리고, 최루탄을 맞아서 팔뚝과 얼굴 등에 물집 범벅인 백 시인을 보면서 닿을 수 없는 저편의 삶에 절망하여 우리는 대취하였다. 이즈음 때마침 교육 운동이 불타올라 그 또한 동참 의지가 뚜렷했다. 사학재단에 근무하는 그는 내게 진퇴의 고심을 심각하게 토로하기도 하였다. 소지식인 혹은 중간계급의 어중간한 처지를 들어 그를 만류하는 한편 이듬해 나도 고등학교 교사생활을 접고 모교 조교로 전직하여 학문의 길로 선회하였다. 우리는 비겁하였으나 정직했다. 조 형은 올 초에 정년을 1년 남겨두고 34년 봉직한 학교를 나왔다.

조성래 시인의 초기시편 가운데 「카인별곡」 연작은 우리가 사는 도시의 환멸스러운 풍경을 말한다. 카인이 만든 도시 에녹과 같이 그 처음의 악을 간직한 공간이라는 관념이 시의 저변에 깔려 있다. 단순한 선악 이분법이 아니라 농촌에서 태어난 우리 세대가 줄곧 견지한 감정구조의 연장이라 생각한다. 이번 시집에서 「삼월」이나 「항구」는 우울한 삶의 풍경이나 묵시록적인 도시의 이미지를 보여준다.

바닷가 언덕에 황사가 찾아온다/조류 인플루엔자로 오리들 떼죽음하고/학대받는 어린아이 야산에 버려진다 은밀히/봄을 앞질러 항공모함 정박하면/해안을 마취시키는 바다안개/때맞추어 절벽에선 동백꽃이 투신한다/먼 황야에서 자살폭탄 피어나듯/재선충 꽃피우는 외로운 해송들/원로시인 두엇 꽃샘바람 속에/지팡이 짚고 외길 떠난 뒤/종달새 한 마리 마침내 하늘 꿰뚫는다/이틀 밤낮 비가 내리고/목련처럼 영혼에 불을 켤 수 없어/길게 휘어진 부둣가 철로 (「삼월」 전문)

황사가 찾아오고 조류 인플루엔자로 오리가 떼죽음하며 동백꽃이 떨어지고 재선충으로 소나무가 말라가듯이 가까운 사람들도 하나둘 사라진다. 죽음과 무(nothingness), 추락과 소멸에 대한 시인의 감각이 각별하다. 그런데 후반에서 돌연하게 이미지가 반전하는 지점이 있다. "종달새 한 마리 마침내 하늘 꿰뚫는다"라는 구절이다. 주체를 부정하는 우울의 극점이 아니라 초월이 내장되어 있음을 표출하고 있다. "이틀 밤낮 비가 내리고/목련처럼 영혼에 불을 켤 수 없어/길게 휘어진 부둣가 철로"를 따라 눈길을 던지면서 내면을 투사하고 있는 형국이나 수평과 수직, 하강과 상승의 경계를 가로질러 시적 자아가 위치한다. 이로써 존재를 모두 무로 돌리는 허무주의가 아니라 세속 내 초월을 견지하는 주체가 드러난다. 안개가 모든 사물을 지우거나 장악한 「항구」에서도 "어디선가 다급한/앰뷸런스 경보음!"이라는 경종의 소리가 사태의 전환을 이끈다. 이처럼 시인은 환멸의 풍경에서 초월의 기미나 경계의 암시를 놓치지 않는다. 사소한 듯 미미한 생성의 이미지에 의식의 지향이 있다.

"새벽녘 눈 뜨면 나는 사막에 누워 있다"라는 부제를 단 「이 몸, 낙타」는 도회에 대한 시인의 오래된 심경에 실존의 무게가 더하여 어떤 정점의 이미지에 다다른 느낌을 준다. "등엔 혹보다 무거운 짐"을 지고 "뜨거운 길 위에 숱한 발자국 찍어도/몸 둘 곳 언제나 지상 끄트머리"일 수밖에 없는 낙타에 빗대어 시적 화자는 "가자, 이 몸 낙타야/목마른 시간 너머 팍팍한 능선 너머/오늘 하루 또 살아내야 하는/나를 견디며 걷자"라고 사막과 같은 고갈의 삶을 표현한다. 이 시에서 시적 주인공에게 희망은 "저 너머 어디쯤 오아시스"에 놓여 있다. 비록 금세 사라질 환(幻)이라고 하더라도 견결하게 그에 대한 믿음을 잃지 않는다. 환상과 환멸은 서로 알파이자 오메가로 연결된다. 환상이 깨어지면서 줄곧 환멸이 지속하더라도 애초의 환상은 흔적으로 남아 이웃하기 마련이다. 「장고개」에서 화자는 어두운 고갯길을 힘겹게 걸어 넘으며 "사막을 건너는 낙타처럼 나는 외롭다"라고 말한다. 이러한 고절 속에서 "그래도 바람 맞서려 제7부두 저쪽, 저녁 바다 불빛 보고 이를 악문다"라고 먼 곳의 불빛으로 실존의 의지를 반사한다. 도회에 대한 환멸의 정서에다 구체적인 삶의 무게가 더해진 형국이다.

조성래 형의 시에서 '은행나무'는 유난한 편애의 대상이다. 우리는 서면 영광도서 앞에 서 있는 은행나무 아래서 자주 만났다. 지금 내게도 그 은행나무가 선연한데, 「밀애」에서 보듯이 시인의 은행나무에 대한 사랑이 유별하다.

은행나무야./그 조랑조랑 매단 열매들 좀/흔들어대지 마./푸른 바람 서늘히 불어/부전동 쌈지공원에 첫가을 찾아와 노숙하는 지금/은행나무야 제발/그 열매 달린 팔 길게 뻗어/호프집〈체르니〉 창문 두드리지 마.//바다 거슬러,/도심의 복개천 거슬러,/전어들 팔딱팔딱 횟집 수족관 쳐들어와/피아노 건반 두드리면,/하늘우물 속 잔잔한 기침 울리고/첫영성체한 아이들/성당 골목에 쏟아지나니,//이 맑고 단맛 나는 계절,/열매 달린 몸으로 은행나무야 제발/나 좀 건들지 마. (「밀애」 전문)

초가을 '맑고 단맛 나는 계절'에 시적 화자는 열매를 단 '은행나무'로부터 사랑을 느낀다. '횟집 수족관'의 '전어들' 조차 '호프집〈체르니〉'에 '쳐들어와/피아노 건반'을 두드린다. 은행나무와 호프집과 전어들이 함께 기운을 나누고 생동한다. 이러한 가운데 '하늘우물 속 잔잔한 기침 울리고' '첫영성체한 아이들'이 등장한다. 신성하고 순수한 활기가 생성된다. '나' 또한 마음과 몸이 흔들린다. 특별한 계절에 만나는 순간의 환희로 읽을 수 있고, 해석을 확대하여 생명에 대한 넉넉한 긍정의 의식으로 보아도 좋겠다. 「비가」가 말하듯이 생명은 곧 사랑이자 비애의 대상이다. 나고 자라 무너지거나 덧없이 사라지는 게 생명이다. 은행나무 열매를 수족관에서 팔딱이는 전어나 피아노 건반, 나아가서 어린아이들로 연상하는 일은 곧 떨어지고 휘날릴 낙엽의 예감을 품는다. 생명의 감각은 이와 같아서 그 절정에서 조락을 알고 앙상한 겨울 나뭇가지에서 새움을 발견한다. 나아가서 이러한 생명현상 속에 영성이 깃들어 있음을 안다.

생명현상에는 두 가지 의식이 발현한다. 먼저 이끌림 혹은 부름이다. 우연히 마주치는 사물에 이끌려 그 부름에 존재가 흔들리는 감응에 도달한다. 그리고 사물과 존재의 심연을 알려는 주체의 의지가 기다림을 유발한다. 기다림은 시적 지향이나 깨달음을 위한 과정이다. 이와 같은 시인의 의식현상학이 표나게 잘 드러난 절창이 「폐사지에서」이다.

나, 한 그루 은행나무로 물들어/그대에게 닿을 수 있다면/온몸 황홀하게 물들어/그대 마음 어귀에 놓일 수 있다면/가을저녁 폐사지에서 깊은 적막/홀로 밝혀도 좋으리//그대 언제나/내 그리움 불타는 서녁 하늘 아래/긴 묵상에 잠긴 삼층 석탑/천 개의 잎 달고 만 개의 기도문 흔들고 들어가도/문을 열 수 없는/짙푸른 그림자의 고요//내 기다림은 이제 황매산 영암사지 귀부龜趺 한 쌍 비신碑身 잃은 등에 바위산 얹고 오체투지로 남쪽 바다 건너는 시간만큼 길어졌느니//이 늦가을/나, 한 그루 노랑 색종이로 콜라주 되어/그대에게 배달될 수 있다면/쇠기러기 울고 오는 시린 하늘 아래/사흘 밤낮 칼바람 맞아도/섧지 않으리

(「폐사지에서」 전문)

먼저 시적 화자는 1연에서 "나, 한 그루 은행나무로 물들어/그대에게 닿을 수 있다면/온몸 황홀하게 물들어/그대 마음 어귀에 놓일 수 있다면/가을 저녁 폐사지에서 깊은 적막/홀로 밝혀도 좋으리"라고 진술하면서 '은행나무'에 이끌려 '그대'에 이르려는 마음을 표현한다. '그대 마음 어귀에 놓일 수 있다면' 은행나무처럼 '폐사지에서 깊은 적막'을 '홀로' 밝히고 서 있을 수 있다는 수행의 각오이다. 단순한 사물과의 만남이 아니다. 그러하다면 과연 여기서 말하는 '그대'는 어떤 의미를 지닌 대상일까? 이에 대하여 2연은 "문을 열 수 없는/짙푸른 그림자의 고요"라고 답한다. 부재도 존재도 아닌 어떤 궁극적인 심연이거나 심오한 깨달음의 경계가 아닐까? 자아로부터 탈피한 극단의 시적 경험을 예고한다. 이러

한 주체의 모험이기에 자연스럽게 대상을 향한 기다림은 지속된다. 3연이 말하듯이 '나'의 "기다림은 이제 황매산 영암사지 귀부 한 쌍 비신 잃은 등에 바위산 얹고 오체투지로 남쪽 바다 건너는 시간만큼" 길어질 수밖에 없다. 미지의 침묵에 화자의 마음은 비감해진다. 4연은 부재 혹은 숨은 신의 곤경에 처한 주체를 웅변한다. "이 늦가을/나, 한 그루 노랑색종이로 콜라주 되어/그대에게 배달될 수 있다면/쇠기러기 울고 오는 시린 하늘 아래/사흘 밤낮 칼바람 맞아도/섧지 않으리"라고 진술한다. 텅 비어 있는 미지는 시인의 시적 과정을 지속하게 한다. 끝내 '그대'를 만날 수 있으리라는 예감이 실현되지 않더라도 '은행나무'와 같이 홀로 서는 견인주의를 품지 않을 수 없다. 이처럼 시인은 폐허에 선 한 그루 은행나무의 꿈을 자신의 표상으로 상상한다. 그에게 "은행나무의 몸은 무한히 넓다."(「은행나무 · 꿈」에서)

조성래 형은 가톨릭 신자이다. 하지만 일찍이 붓다의 가피(「팔만대장경」에서)를 입었는지 그는 많은 불경을 암송하기도 하며 무엇보다 이분법으로 구획하는 권력의 발상을 저어한다. "텅 빈 마음으로"(「대금」에서) 타자를 만나고 "다투지 않고" "서로 어울린 모습"(「해녀와 돌고래」에서)을 갈망한다. 무애(無碍)와 '내밀한 이타성'이야말로 그의 시적 궁극이라 생각한다. 「은행나무 · 꿈」도 그렇지만 「물고기와 은행나무」

도 사물을 연기론 혹은 관계론으로 즐겁고 경쾌하게 상상하는 시인의 태도를 알게 한다. '백년어서원'에 걸려 있는 물고기들이 거리를 유영하며 "골목 안 은행나무 잎 속으로 은밀히" 숨어들어 "나무 겨드랑이에 자잘한 알을" 까고 돌아간다는 발상은 앞서 말한 「밀애」와 같이 모든 사물이 연결되어 있고 물과 같이 스민 생명의 연관성을 지닌다는 생각을 담는다.

꽃 피는 봄날/삼랑진 만어사 갔네/바위물고기들 산기슭 거슬러/하늘로 날아가는 것 보였네/나도 그렇게 되고파/그 후 밤낮 꿈속에서/바위물고기 가슴에 품었네/남해금산 날거나 황매산 모산재/헤엄치는 꿈 하나 얻고 싶었네/그러나 끝내 바위물고기 되지 못하고/산정호수 구경하든가 암봉 홀로 올랐네/가끔 바위산 꿈꾸긴 해도/그 안에서 물고기로 태어나지 못하고/상류 계곡물에 탁족하기 바빴네/어쩌면 평생 바위물고기 못 된 채/하늘로 갈지 모르겠네 (「꿈과 현실」 전문)

이 시의 의도는 꿈과 현실의 괴리를 말하려는 데에 있지 않다. 오히려 '바위물고기'가 되려는 꿈을 역설한다. 시 속에 등장하는 '바위물고기'는 '삼랑진 만어사'로 날아오른 것처럼 하늘을 난다. 단순히 나는 물고기가 아니라 해탈과 초월의 이미지이다. 이를 지향하며 시 속의 주인공은 '산정호수'

를 찾고 '암봉'을 오르는 수행을 거듭한다. 물론 "계곡물에 탁족하기"에 바쁜 게으름이 있지만 꿈을 놓치진 않는다. 탈속의 염원이 발을 씻는 데 그치지 않더라도 세속의 무게에 이끌려 패배한 자아는 아니다. 깨달음의 과정처럼 '바위물고기'는 늘 마음속에 있는 궁극적 관심의 대상이다. 이는 「폐사지에서」가 말하는 기다림의 대상인 '그대'와 같다. 무언가 기다린다는 순수지속은 중요한 시적 지향이다.

조성래 형은 합천 "나무실"(「나무실 합천이씨」에서) 사람이다. 그의 시적 세계관이 보여주는 생명 의식은 농적(農的) 삶에 기반한다. 이는 그의 시에서 원초적 기억에 대한 그리움으로 작용한다. 도회를 폐허의 이미지로 수용하는 데에 유년의 추억이 간섭하는 바 없지 않다. 아울러 환멸이나 폐허는 초월을 꿈꾸는 기제로 나타난다. 그러니까 그의 시 의식은 원심력과 구심력이 서로 당기는 가운데서 긴장한다. 한편에 고향의 기억이 있다면 다른 한편에 경계를 넘는 초속의 세계를 갈망한다. 그런데 이 둘은 서로 견인하지만 대립하지 않는다. 어느 한 방향의 선택 문제도 아니다. 모두 구체적인 삶 안에서 현실을 비판하거나 넘어서려는 시적 확장과 연관한다. 가령 「까치집」이 그렇다. "명장동 삼보아파트 옆에 높직한 까치집 하나"를 만나면서 돈으로 가치가 매겨지는 아파트의 시대에 진정한 집의 의미를 생각한다. "저 까치집엔 우리가 두고 온 시골 마을이 들어 있다"라는 진술이 말하듯이 자연과 우주의 제유인 집의 가치를 소환한다. "눈 내리는 동구밖에 오래된 팽나무 섰고, 그 팽나무 우듬지에 오롯이 걸렸던 까치집 하나. 실로 그 까치집이 대숲에 에워싸인 마을 전체를 환하게 밝혀줬다"라고 회상하며 부분이 전체가 되는 유기적 세계에 대한 시적 갈망을 드러낸다. "저 까치집에 입주할 수 있을까?" 이처럼 시인의 원체험 공간에 대한 지향은 자본이 구획하고 지배하는 도회와 반립한다. "황매산 아래" "뻐꾸기"(「대기초등학교」에서) 소리 들으며 자란 유년의 추억은 순수지속의 형태로 현존재의 삶에 개입한다. 상실에서 비롯한 향수에 그치지 않고 환멸과 고갈을 견뎌이겨내는 버팀목의 구실을 한다. 단절의 심연을 생명의 가치로 치유하는 힘이다. 시인의 눈길은 이같이 생명 가치의 흔적을 찾는다. 그래서 「복천동고분군」에서 "텅 빈 공간"의 "곡선"으로부터 "생사 넘어 영원까지/능선 펼친 유연함"을 발견한다. 여기서 "겨울나무 몇 그루 고분군 능선 위/하늘로 떠" 있는 풍경과 "가야시대 고분 속에서 걸어 나온 존재인 양" "느릿느릿 걷는" 주민들, "버스에서 내려/천 년 하늘 위로 걷고 싶다"는 '나'는 "코로나19와 무관하게" 새로운 몽타주를 형성한다. 이는 "토사물보다 참혹"한 "항구도시"(「개인史」에서)가 매몰하여 버린 환상이다. 비록 "황홀한 순간"(「감전」에서)으로 그칠지라도 삶의 역장에 작동하는 에너지로 중요한 벡터가 된다.

환멸의 폐허에서 사라져가는 반딧불이를 찾는 일은 서치라이트의 불빛으로 가능하지 않다. 서치라이트의 불빛은 오히려 더 많은 사물을 어둠 속으로 밀어 넣는다. 시인은 섬세하게 난폭한 문명에 의해 밀려나거나 부서지는 사물과 만난다. 깊은 단순성의 감각으로 특이하고 기이한 생명현상을 부조한다. "밀양 단장면 창마마을"의 "기이한 느티나무"는 나의 고향 집으로 가는 길목에서 만날 수 있다. 시인은 "중턱이 꺾여 몸통은 거의 사라지고/거죽만 조금 남아, 거기서 돋아난 가지에 새순 달고/하늘하늘 생의 환희 노래하는 고목"을 보면서 이 나무의 생애를 상상한다. 사람들에게 그늘을 주고 새들의 놀이터가 되었을 나무가 "먹구름 찢은 번개"에 쪼개져 거의 사라진 몸통을 "깊이깊이 신음"하다 "발바닥 간질이는 맑은 물소리에 깨어나/따뜻한 햇볕과 바람에/지금 이 모습으로 살아났을 거"라고 연상하며 "일생의 기록무늬 다 지우고/큰 고통 속에서도 다음 생을 마련한 느티나무"의 성스러운 자태를 생각한다. "초록 새순 내민 허공으로/봄날이 눈부시다"(「눈부시다」에서)라는 결구에서 감응의 행복이 발현한다. 이는 "더 갈 데 없어/찾아온 폐사지"에서 만난 "쌍사자석등"으로부터 얻는 감응과도 연결된다.

더 갈 데 없어/찾아온 폐사지//그래도 몰락은 없네/돌조각처럼 깨진 사랑도/땅속 금동불로 환생하든지/하늘벼랑에 도라

지꽃으로 피어나네/모든 것 묻혀서 편안한 잔디밭/느티나무 한 그루 한낮 지키고/초록 뻐꾸기 울음 그 안에 솟아나네/절터 안 쪽 걸어 들어가면/돌거북 두 마리 허공 짊어지고/앞산 넘으려 고 앞발 쳐드는 몸짓!/나도 바위산 품고 때를 기다리며/삼층석 탑 추녀 끝에/푸른 기도 하나 매달고 싶네//아, 저 환한/쌍사자 석등! (「합천 영암사지에서」 전문)

앞서 「폐사지에서」와 친연성을 지닌 이 시에서도 시인은 기다림과 구도를 표현한다. 존재의 끝 간 지점인 '폐사지'에 서 '몰락'은 없으며 오히려 환생과 신생, 생성과 생동이 있 다. 만물의 생기가 더 큰 생명으로 일어난다. 그 안에서 시적 자아도 "바위산 품고 때를 기다리며/삼층석탑 추녀 끝에/푸 른 기도 하나 매달고" 싶다고 한다. 내면에 공명하면서 외부 의 사물과 공유하는 시간을 견딘다. "저 환한/쌍사자석등" 은 서로 조응하면서 시간의 빛으로 환하게 밝아오는 경계에 놓여 있다. 이처럼 사물의 부름에 이끌리는 시적 자아는 때 로는 관조와 깊은 단순성으로 머물기도 한다. 풍경을 구성 하는 사물들이 서로 호응하며 고요한 환희를 발산하는 가 (「가을 석포」, 「관계」에서) 하면, "우포늪 맑은 물에 쪽배 한 척 잠겨" "한 몸 고요히 해체하여 물로 돌아가는" 시간을 "저문 산"(「하늘거울, 쪽배」에서)과 더불어 지켜보는 그윽한 눈길이 있다. 하지만 사물과 풍경을 향한 시인의 지향을 구체적인 삶에 대한 회피로 받아들이지 않아야 한다. 시인은 작고 사소하고 단편적인 데서 진정한 가치를 건져 올리려 한다. 추상화된 권력의 언어가 아니라 구체적인 실감의 언어를 표출한다.

> 비난 말아다오/놀부 심보로 뒤틀리고/사악한 뱀 몸뚱이로 엉킨 줄기라고/걸핏하면 사사건건 트집 잡는/갈등의 무리라고/비쭉비쭉 흘기며 욕하지 말아다오/서로 몸을 얽어 스크럼 짜고/평등한 사랑으로 어우러진 우리/온통 보라색으로 화엄의 꽃등 밝혔나니/사월 함성으로 눈부시게 살아나/운동장 스탠드 덮고 그 위의 하늘 덮었나니/이 장엄한 반란 누가 막을 수 있으랴/흑백도 아니고 적색도 아닌 우리/굳이 종북이라 몰아세우지 말아다오/그대들 대나무지조 곧고 푸르다 해도/난세엔 죽창으로 피 묻히는 것을/그대들 매화향기 높고 맑다 해도/배고픈 이웃에겐 저녁추위인 것을/볼품없이 연약한 몸으로 낮게 얼크러져/다양한 갈등 속에 꽃피는 우리/무질서하다고 불온시 말아다오/환한 꽃밭이네! 그저 놀라운 얼굴로/한 발짝 가까이 와 다오
> (「등꽃」 전문)

「등꽃」은 조성래 시인의 인간학이나 세계인식이 한 편의 시편으로 집약된 광경이 아닌가 한다. '등꽃'의 생태를 빌려 난폭한 흑백논리며 이데올로기로 덧씌운 폭력을 비판한다.

또한 대나무와 매화에 견준 지조와 고고함의 정신적 귀족주의를 이웃의 현실을 외면한 회피에 불과함을 지적한다. 오히려 뒤틀리고 엉키고, 그래서 "몸을 얽어 스크럼 짜고/평등한 사랑으로 어우러진 우리" 민중이야말로 "화엄의 꽃등"을 밝힌 '등꽃' 같은 존재이다. "볼품없이 연약한 몸으로 낮게 얼크러져/다양한 갈등 속에 꽃피는 우리"이지만 "사월 함성으로 눈부시게 살아나" "장엄한 반란"을 일으키는 "환한 꽃밭"임을 제대로 인식해야 한다고 말한다. "한 발짝 가까이" 서로 구체적인 얼굴을 바라보자고 한다. 추상의 불빛 속에 가려진 반딧불이를 찾듯이 시인은 이웃과 사물의 진면에 다가가고자 한다. 위험한 질서가 아니라 자유로운 무질서의 화원을 생각한다. 이는 곧 시인이 기대하고 그리는 세계이다. 작고 사소하고 약하고 여린 존재에 대한 시인의 사랑은 사회적인 약자에 대한 지극한 관심으로 나타난다. "겨우내 부전시장 맴돌며/쓰레기통 뒤지던 그 사내"는 시인에게 "구루 같던 노숙자"로 그려진다. 시인에 의해 신성한 스승 '구루'로 격상한 '노숙자'는 그 표정과 행위가 그렇다는 말인데, 교통사고로 그만 "경찰이 뿌린/스프레이 동그라미/남겨놓고//홀연/먼 하늘로" 가고 없다. 표제인 '새'처럼 "가벼워지기 위해"(「새」에서) 영혼으로 날아갔다는 생각이다. "복천동 안동네, 쌈지공원"(「노숙」에서)의 노숙자나 "자갈치시장 난전, 가오리 오징어 호래기 조개 온갖 어물 파는 질척한 바닥, 사람들 뒤엉켜 발 디딜 틈 없는 그 틈새, 이쑤시개 고무장갑 손수레에 얹어 굳세어라 금순아, 옛 노래 밀며 발 없는 몸통으로 천천히 기어가는 사내"(「생존2」에서)나 "기역자로 굽은 허리 꼼지락꼼지락/자벌레 보행으로 빈 유모차 밀고"(「뒷길」에서) 가는 '뒷길'의 노인에 대한 시선을 회수하지 않는다. 비정규직의 위태로운 하루를 일인칭 화자가 되어 서술하거나 (「비정규직의 하루」에서) "대롱대롱/떨어질 듯 떨어지지 않고" "칠산동 언덕 위/키 큰 아카시아 우듬지"에 매달려 있는 "연등만한 벌집 하나"를 보면서 "굴뚝 꼭대기에서 농성하는/저 노동자들"(「생존1」에서)을 연상한다. 이같이 시인에게 모든 존재는 그만의 가치와 존엄을 지닌다. "이런 고통을 내가 아닌 다른 가족이 겪는다면 나는 더욱 견디기 어려웠을 것입니다"라고 말하는 "양산 부산대병원 101병동. 5인실 창가 침대에 60대 초반의 여인"의 말이다. "위암 말기인데 암세포가 번져 3개월밖에 살 수가 없"(「역광」에서)는 그녀는 역광에 숭고한 영혼을 드러낸다.

가톨릭 신자인 조성래 형의 세례명은 아만도이다. 결혼하면서 처가의 종교를 따랐는데 부인의 세례명은 헬레나이다. 「허공」이 말하듯이 그는 요양원에 모신 장모와 투병하는 아내를 두고서 여러 해 힘들게 살았다. "까치 우는 방향으로 길 따라가면/바다가 보이고/도시의 남쪽 끝, 노파네 집/오래 투병해온 노파의 딸도 또한/병 깊어 하루하루 야위어간다"(「허공」에서)라는 구절로 저간의 사정을 담담하게 서술하고 있지만, 병든 아내와 장모와 함께해온 그의 시간을 나로서 상상하기 어렵다. '사람들은 저마다의 속도로 슬픔을 통과한다'라고 한다. 그러나 같이 살던 장모와 아내를 다 잃은 그의 슬픔을 쉽게 헤아릴 수 없다. 간혹 그는 아내의 치유를 위하여 '장유계곡' '숯가마'에 간다고 하였다. 「장유계곡」, 「내리는 눈발 속에」, 「평상」 등의 시편이 전하는 이야기를 통해 알 수 있다. "아내의 아픈 몸 숯가마에 들여놓고" 시인은 "메마른 자갈밭 추위"(「장유계곡」에서)를 견뎌 왔다. 때론 "숯가마 앞마당/참나무 더미에 눈발" 날리면 "백두산 원시림"과 "드넓은 평원 어디쯤/쩡쩡 울리던 벌목 소리" "용정에서 이도백하까지 눈 속을 달리던/화차의 거친 숨결" "약수촌 김천경 노인이 들려주던/독립군 노래"(「내리는 눈발 속에」에서)를 기억하면서 마음과 몸을 다잡는다. 봄날 하루에는 "환한 벚꽃 그늘에 누워/맑은 새소리로 나를" 채우고 "꽃잎 분분한 평상에 누워/세상에 등 돌리고 물소리 들으면/이 몸 비로소 빗장"(「평상」에서)이 풀리는 기분을 느끼기도 한다. 하지만 두통(「두통」에서)과 현기증(「현기증」에서)에 시달리면서 아내마저 병원에 입원한 이후에 "알 수 없네, 아무리 생각해도/내 운명에 설정된 장치가 무엇인지/암호가 무엇인지/왜 갑자기 세상은 흑백필름으로 흐려져/나를 먹먹하게 하는

지/어찌하여 지상의 자물쇠는 나를 병동에 가두어/옴짝달싹 못하게 하는지/혹시 내 정신의 어느 부위에/금이 간 것은 아닌지"(「덫」에서)라고 탄식한다. 여하튼 나는 그가 겪은 고통의 무게를 가늠할 수 없다. 지금은 장모와 아내 모두 하늘나라로 가셨다. 가족과 사별한 그의 슬픔이 매우 크리라 짐작할 뿐이다. 이 글의 모두에서 언급한 「이 몸, 낙타」나 「장고개」가 우울한 그의 심경을 어느 정도 말하고 있다고 생각한다. 슬픔과 고통은 밖으로 표현되어야 한다. 물론 말할 수 없거나 말해지지 않는 고통과 슬픔도 있다. 하지만 이 또한 말해질 때 슬픔의 위안을 얻는다. 다행히 시인은 "아내에게" 보내는 연작시를 여러 편 썼다. 「하늘통신-아내에게」, 「사순절-아내에게」, 「산책-아내에게」, 「수원지-아내에게」, 「가족-아내에게」 등이다.

헬레나/그대 사는 하늘 편안한가/흘러가는 가랑잎 따라 계절은 서쪽 강 건너고/푸른 달빛 자주 아파트 유리창 적신다/그대 이별하고 지상의 빈 방에 갇힌 나/무슨 할 말이 있겠나/우리 손때 묻은 성경과 묵주/여전히 책상 위에 모셔져 있건만/집안의 모든 시계 멈춰 버렸다/그대 아끼던 화초들도 몸 둘 바 몰라/시름시름 앓다가 시들고 말았다/하늘이 맺어준 것 사람이 끊지 못하리라/그 말씀 받들며 살려 했는데 우리 사랑 이미/행성 저쪽으로 빗금 긋고 사라졌다/무슨 할 말이 있겠나/창밖엔 겨울바람 나뭇가지에 매달려 울어도/나는 도무지 무관해서/밤 늦도록 눈물 없이 홀로 앉아 있다/독한 술 마시며 (「하늘통신-아내에게」 전문)

두 번에 걸쳐서 "무슨 할 말이 있겠나"를 반복한다. 이 시편을 읽는 우리도 할 말을 잃는다. 그 어떤 말도 군더더기가 될 뿐이다. 그가 슬픔을 통과하는 시간이 빠르기만을 간절히 바란다. 그러함에도 시인이 쓴 애도의 시가 그만의 방법임을 안다. "헬레나,/나 어디로 가야 하나/스스로 칩거하며 수난복음 읽으면/엘리 엘리 레마 사박타니/어느새 나도 벽에 못 박힌다"(「사순절-아내에게」에서). 이처럼 상실의 고통이 존재를 뒤흔든다. 추억을 좇아서 "우리 옛날 그 길을 홀로"(「산책-아내에게」에서) 걷기도 하며 "우리 한때/머물렀던 자리"(「수원지-아내에게」에서)를 찾아서 아내의 부재를 생각한다. 이러한 연작 시편에서 "헬레나,/우리 부활은 저 언덕 위/은행나무 숲에서 온다"로 시작하는 「가족-아내에게」를 주목한다. 특히 "생각하면 우리 모두/하늘이 내린/생명 숲속의 새 떼,/식구끼리 가지 위에 작은 둥치 틀고/재잘재잘 부리 맞추며 살다 가는 것을,/비바람 속에서도 새끼들 먹이 챙기며/지상의 날들에 감사,/숟가락질하는 것을"이라는 구절이 곡진하게 다가온다. '은행나무'와 '새 떼', 부활의 징표를 읽게 하기 때문이다. 그리고, 마지막 결구를 보라! "먼저/천

상으로 올라간 그대/잠시 내려와/숲에서 한나절 놀다 가면 안 될까,/노랑부리 저저귀는/우리 새끼들 함께!"이렇게 온 생명의 하나인 시인의 아내는 은행나무 위에 새로 날아올지 모른다.

조성래

1959년 경남 합천에서 태어났다. 1984년 무크 〈지평〉, 1989년 〈실천 문학〉을 통해 작품활동을 시작했다. 시집으로 『시국에 대하여』, 『카인 별곡』, 『바퀴 위에서 잠자기』, 『두만강 여울목』, 『천 년 시간 저쪽의 도화원』, 『목단강 목단강』이 있다. 최계락문학상, 김민부문학상을 수상했다.

산지니 시인선

쪽배

초판 1쇄 발행 2021년 5월 18일

지은이 조성래
펴낸이 강수걸
편집장 권경옥
편집 박정은 윤은미 강나래 최예빈 김리연 신지은
디자인 권문경 조은비
경영지원 공여진
펴낸곳 산지니
등록 2005년 2월 7일 제333-3370000251002005000001호
주소 부산시 해운대구 수영강변대로 140 BCC 613호
전화 051-504-7070 | 팩스 051-507-7543
홈페이지 www.sanzinibook.com
전자우편 sanzini@sanzinibook.com
블로그 http://sanzinibook.tistory.com

＊책값은 뒤표지에 있습니다.
＊잘못된 책은 구입하신 곳에서 교환해드립니다.